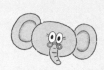

글 백혜진

아이들의 마음을 들뜨게 할 재미있는 이야기, 진심이 담긴 따뜻한 이야기를 쓰기 위해 오늘도 노력하고 있습니다. 쓴 책으로 《글자 없는 편지》《뽀글뽀글 행운 삼총사》《망망 망망 망했다》《똥손 금손 체인지》《진짜 범인은 바로 나야!》《놀이터 미션》과 2024년 올해의 청소년 교양도서로 선정된 《맛난이 채소》 등이 있습니다.

그림 이수현

대학에서 애니메이션을 전공했고, 그림책 작가와 일러스트레이터로 활동하고 있습니다. 따뜻하고 유쾌한 그림으로 어린이의 상상력을 자극하는 것을 좋아합니다. 쓰고 그린 책으로 《우주 택배》《해파리 버스》가 있으며, 그린 책으로 《부리 엑스》《판타스틱 반찬 특공대》《수박 행성》《그때, 상처 속에서는》 등이 있습니다.

재채기 대장 루루

1판 1쇄 인쇄 | 2024. 12. 19.
1판 1쇄 발행 | 2025. 1. 7.

백혜진 글 | 이수현 그림

발행처 김영사 | **발행인** 박강휘 | **편집** 김유영 | **디자인** 홍윤정 | **마케팅** 서영호 | **홍보** 조은우 육소연
등록번호 제 406-2003-036호 | **등록일자** 1979. 5. 17. | **주소** 경기도 파주시 문발로 197(우10881)
전화 마케팅부 031-955-3100 | 편집부 031-955-3113~20 | 팩스 031-955-3111

값은 표지에 있습니다.
ISBN 979-11-7332-042-2 73810

좋은 독자가 좋은 책을 만듭니다. 김영사는 독자 여러분의 의견에 항상 귀 기울이고 있습니다.
전자우편 book@gimmyoung.com | 홈페이지 www.gimmyoung.com

|**어린이제품 안전특별법에 의한 표시사항**| 제품명 도서 제조년월일 2025년 1월 7일
제조사명 김영사 주소 10881 경기도 파주시 문발로 197 전화번호 031-955-3100 제조국명 대한민국
사용 연령 6세 이상 ⚠주의 책 모서리에 찍히거나 책장에 베이지 않게 조심하세요.

재채기 대장 루루

백혜진 글
이수현 그림

주니어김영사

차 례

싱싱 숲속 학교

아기 돼지 루루는 거울 앞에 섰어요.

통통한 살구색 얼굴은 탐스럽고 까만 눈동자는 별이 박힌 것처럼 총총 빛났어요. 두 귀는 깜찍하게 뾰족 솟아 있었어요. 살짝 말아 올라간 짧은 꼬리는 움직일 때마다 기분 좋게 흔들렸어요. 톡 튀어나온 하트 모양 콧구멍은 반질반질 윤이 났지요.

오늘은 루루가 싱싱 숲속 학교에 처음 가는 날이에요.

루루는 싱싱 숲속 마을이 쩌렁쩌렁 울리도록 큰
소리로 인사하고 집을 나섰어요.

이슬을 머금은 나무와 꽃, 풀잎이 햇빛을 받아 반
짝 빛났어요. 루루의 코에도 따스한 햇살이 내려앉

앉지요.

"뿌이잉취! 뿌이잉취…… 뿌이잉취!"

루루는 요란한 소리를 내며 일곱 번이나 재채기했어요. 햇빛을 쐬는 순간 꼭 재채기가 나오거든요.

루루는 다시 코를 벌름거리며 숨을 들이마셨어요. 숲속의 맑은 향기가 콧속에 가득 찼어요. 시냇물 사이 돌다리를 통통 뛰어 건넜어요. 초록 풀밭도 쌩쌩 달렸어요.

저 멀리 플라타너스 나무 아래 싱싱 숲속 학교가 보였어요. 나무의 푸른 잎은 하늘을 다 가릴 것처럼 무성했어요. 주황색 울타리가 학교 주변을 빙 둘러 쌌어요.

루루는 콧노래를 부르며 교실에 들어갔어요.

"안녕하세요, 코끼리 선생님."

코끼리 선생님이 안경을 천천히 올리더니 긴 코를
말아 올렸어요.

"루루 맞지? 반갑구나."

루루는 교실을 한 바퀴 삥 둘러
보았어요. 너구리, 염소, 부엉이,
사슴, 토끼……. 많은 숲속 친
구가 모였어요.

뿌이잉 취! 뿌이잉 취!

"싱싱 숲속 마을 친구들! 입학 축하해요."

코끼리 선생님이 다정한 목소리로 말했어요.

루루는 너구리 콩콩이랑 짝꿍이 됐어요. 콩콩이의 회색빛 얼굴은 밤처럼 동그랬어요. 복슬복슬한 꼬리에는 검은색, 회색 무늬가 줄줄이 있었지요.

아기 돼지 먹지도 같은 반이 되었어요. 먹지는 루루랑 같은 마을에 살고 있어요. 먹지랑 짝꿍이 안 된 게 얼마나 다행인지 몰라요. 먹지는 숲속에 소문이 자자한 개구쟁이거든요.

루루가 콩콩이에게 인사했어요.

"나는 시냇물 마을에 사는 루루야."

"나는 감나무 언덕에 사는 콩콩이야."

코끼리 선생님이 교실을 쭉 둘러보며 말했어요.

"친구들, 오늘은 '어둠 속 보물찾기'를 할 거예요."

그러자 모두 기뻐서 소리를 질렀어요.

"다 같이 나가서 학교 옆 흙길부터 살펴볼까요?"

루루와 친구들은 선생님을 따라나섰어요. 밖으로 나가자 쨍한 햇빛이 내리쬐었어요.

"뿌이잉춰! 뿌이잉춰…… 뿌이잉춰!"

루루는 또 일곱 번씩 요란하게 재채기를 했어요. 얼른 코와 입을 막았지만, 깜짝 놀란 친구들이 루루를 빤히 쳐다보았지요. 루루는 코를 손으로 감싼 채 고개를 푹 숙였어요.

어둠 속 보물찾기

싱싱 숲속 학교 주위에는 키 큰 나무가 울창하게 서 있어요. 저 높이 넓게 펼쳐진 잎사귀들이 바람에 흔들렸어요. 꼭 반갑다고 인사하는 것 같았지요. 숲 길을 따라 들어갈수록 나무들이 빽빽하게 늘어서 하늘을 점점 가렸어요.

"금방 깜깜해졌네. 주변에 이런 곳이 있었어?"

먹지가 흥미로운 얼굴로 두리번거리며 말했어요.

"이제 조금만 더 걸어가면 숲속이 깜깜해질 거예

요. 선생님이 곳곳에 먹을 수 있는 보물을 숨겨 놓
았으니, 어둠 속에서 보물을 찾아보아요."

　루루는 코를 벌름거리며 냄새를 맡았어요. 다들
보물을 찾느라 정신없이 움직였지요. 아직 어둠이 익
숙하지 않아 여기서 쿵, 저기서 꽈당, 멀리서 철퍼덕,
소리가 났어요.

그럴 때마다 모두 깔깔 웃었지요.

루루는 어둠 속 보물찾기에 자신 있었

어요. 냄새를 잘 맡아서 저 멀리 시냇물

에서 놀던 중에도 집에서 호두 파이를

구우면 귀신같이 알아챘거든요. 그뿐

인 줄 알아요? 먹지네 집에서 포도

잼을 만들 때도 쏜살같이 달려가 맛본 적도 있지요. 루루는 맛있는 걸 놓치는 법이 없다고요.

루루는 코로 숨을 훅 들이마셨어요. 시큼하고 달콤한 향기가 코끝을 스쳤어요.

"어? 빨간 보리수 열매 냄새가 나는걸."

루루는 얼른 다가가 냄새가 나는 쪽을 손으로 만져 보았어요. 동글동글하고 작은 열매였어요. 선생님이 숨긴 보물이 분명해요.

깜깜한 어둠이 익숙해질 때쯤 선생님이 말했어요.

"다들 보물을 찾았나요? 그럼 이제 선생님을 따라 나오세요."

루루는 귀를 쫑긋 세우고 선생님을 따라갔어요.

숲 안쪽을 빠져나오니 금세 환해졌어요. 정말 마법에 걸린 숲 같았지요.

햇빛이 닿자 루루는 콧구멍을 실룩거렸어요.

"뿌이잉취! 뿌이잉취······ 뿌이잉취!"

루루는 또 재채기를 일곱 번 했어요.

"앗! 깜짝이야. 재채기 소리가 꼭 천둥 치는 소리
같아."

"재채기 소리에 놀라서 보물도 떨어뜨릴 뻔했어."

"어떻게 재채기 소리가 저렇게 크지."

친구들이 루루를 보며 한마디씩 했어요. 이상한
듯 쳐다보는 친구들의 눈빛이 루루의 마음속을 콕
콕 찔렀어요.

어쩐지 친구들에게 잘못한 것만 같았어요.

"재채기 대장! 오늘은 왜 이렇게 조용한가 했다."

먹지가 루루를 향해 혀를 날름거리며 말했어요.

친구들은 보물을 손으로 꼭 감싸며 옆으로 숨겼
어요. 루루가 또 재채기해서 보물을 날려 버리기라
도 할까 봐 겁먹은 모양이에요.

"먹지, 넌 뭐 재채기 안 하니?"

루루는 용기를 내서 따졌어요. 재채기를 하는 건 이상한 게 아니라고 말하고 싶었거든요.

"나? 나도 재채기하지. 어쩌다 한번 아주 얌전하게. 그런데 넌 좀⋯⋯."

먹지는 더는 말하지 않고 쿡쿡 웃기만 했어요. 그러더니 보물로 찾은 꽃다지를 손에 들고 엉덩이를 씰룩거리며 걸어갔어요. 친구들도 루루 곁을 쌩하니

지나쳐 갔어요.

　보물을 찾아 신이 났었는데 재채기를 하는 바람
에 루루의 기분은 엉망이 되었어요.

왜 나만 달라?

아침에 신이 나서 학교에 갔던 루루는 어깨가 축
처진 채 집에 왔어요.

"루루야. 학교에서 무슨 일 있었니?"

"엄마……. 왜 나만 이러지? 왜 나는 햇빛만 보면
재채기해?"

루루의 눈에 방울방울 눈물이 맺혔어요. 그때 루
루 아빠가 일을 마치고 막 집에 들어왔어요.

루루는 학교에서 있었던 일을 전부 얘기했어요.

"우리 루루 많이 속상했겠구나. 그런데 루루야, 남들과 다른 건 이상한 게 아니야. 오히려 특별하다고 할 수 있지."

루루 아빠는 루루 손을 꼭 쥐고 말했어요.

학교에 들어가기 전까지 루루는 재채기하는 게 이상하다고 생각하지 않았어요. 가끔 숲에서 재채기

하면 먹지가 장난스럽게 놀리기는 했지만요. 그런데 오늘 친구들이 루루를 쳐다보던 눈빛을 잊을 수가 없었어요. 다들 루루를 피해 뒤로 주춤주춤 물러섰지요. 낄낄 웃는 친구들도 있었고요.

루루가 어릴 때 집에 좀도둑이 든 적이 있어요. 그때 아빠와 루루는 동시에 재채기를 했어요.

"뿌이잉취! 야아압취! 뿌이잉취! 야아압취……."

루루 아빠는 "야아압취!" 하고 재채기해요. 운동할 때 외치는 기합 소리랑 비슷하지요.

도둑은 루루와 아빠의 재채기 소리에 놀라 엉덩방아를 찧고 넘어졌어요. 그사이에 경찰이 와서 도둑을 잡아갔지요.

루루와 아빠는 엉덩이를 씰룩거리며 함께 춤을 췄어요. 둘이 재채기로 도둑을 잡은 거잖아요. 루루는 아빠의 재채기 소리를 들으면 기분이 좋았어요. 그

뿌이잉취! 야아압춰!!

야호!

소리가 루루에게 힘을 주는 것만 같았거든요.

"루루야. 일곱 번 재채기하는 건 분명 행운의 재채기일 거야."

"말도 안 돼요. 재채기 때문에 창피한 일만 생겼는데 무슨 행운이에요. 불행이면 몰라도."

루루는 뾰로통하게 대꾸했어요.

"세 번도 아니고 다섯 번도 아니고 매번 딱 일곱 번씩 재채기하잖아. 너무 신기하지 않니. 7이 행운의 숫자인 건 알지? 어쩌면 루루는 행운의 재채기를 지닌 게 아닐까?"

"제 재채기가 아무리 특이하고 7이 행운의 숫자여도……. 저한테는 행운이 아니에요."

"아빠는 루루가 조금 더 당당했으면 좋겠어."

아빠는 루루를 꼭 안아 주었어요.

하지만 아빠의 말에도 루루의 기분은 나아지지 않

앉어요. 친구들의 웃음소리와 눈빛이 자꾸만 생각
났어요.

　다음 날 아침, 루루는 멀리 서서 플라타너스 나무
와 학교를 한참 바라봤어요. 아빠 말처럼 조금 당당
해지기로 마음먹었어요.
　"괜찮아, 괜찮아."
　루루는 계속 속으로 되뇌었어요. 그러고는 숨을
크게 내뱉고 힘을 내서 교실로 들어갔어요.
　"재채기 대장 루루 왔네."
　먹지가 아는 척을 했어요. 그 말에 당나귀와 부엉
이가 웃었어요. 루루는 고개를 툭 떨구었어요.
　"먹지 너, 자꾸 놀리면 선생님한테 이를 거야. 별
것도 아닌 일로 호들갑이야."
　루루의 짝꿍인 콩콩이가 먹지를 쏘아보며 말했어

요. 루루는 콩콩이의 말에 뭉클했어요.

"콩콩아, 고마워."

루루가 속삭였어요.

"고맙긴, 먹지가 하는 말 너무 신경 쓰지 마."

콩콩이가 싱긋 웃으며 말했어요. 루루는 왠지 콩
콩이랑 마음이 잘 맞는 친구가 될 것 같았어요.

선글라스 낀 루루

"루루야. 오늘은 어땠니?"

"괜찮았어요. 짝꿍 콩콩이랑 많이 친해졌어요."

루루는 더 이상 엄마, 아빠를 걱정시키고 싶지 않았어요. 괜찮다고 말했지만 여전히 기운이 없었어요. 루루는 방으로 올라가며 말했어요.

"엄마. 저녁 먹을 때까지 좀 쉴게요."

"그래. 엄마가 루루 좋아하는 민들레 풀빵 만들어 줄게."

루루는 2층 창문을 열고 가만히 밖을 바라보았어요. 우거진 숲속이 한눈에 들어왔지요. 하늘에는 기다란 구름이 꼬리잡기하듯 꼭 붙어 떠다녔어요.

나뭇잎이 살랑살랑 움직이는 소리, 찌르르 새가 우는 소리, 졸졸졸 시냇물이 흐르는 소리. 초록이 가득한 숲은 보기만 해도 마음이 뻥 뚫렸어요. 그래서 루루는 기분이 울적할 때 창문을 활짝 열어 놓아요. 싱싱 숲속 마을의 싱그러운 향기가 방에 가득 들어차면 방 정리를 하기 시작해요. 이불은 탁탁 털어 먼지를 날리고, 거울은 뽀드득 닦아 반질반질 윤을 냈지요.

그런 다음 루루는 책상에 널브러진 장난감을 치웠어요. 그런데 장난감 사이에 엄마, 아빠가 함께 찍은 사진이 끼어 있었어요. 사진 속에서 둘은 똑같이 빨

간 선글라스를 쓰고 있었어요.

'오호, 선글라스를 끼면 햇빛을

감쪽같이 막을 수 있을 텐데.'

3

루루는 장난감 바구니를 홀딱 뒤집고 빨간 선글라스를 찾기 시작했어요.

"찾았다!"

루루는 기뻐서 큰 소리로 외쳤어요. 거울 앞에 서서 얼른 선글라스를 꼈어요.

"흠. 좀 괜찮은 거 같은데?"

선글라스의 검정색 알이 번쩍번쩍 빛났어요. 선글

라스가 얼굴을 착 감싸니 멋쟁이가 된 것 같았어요.

"내일 선글라스를 껴 볼까? 햇빛을 쐴 때 끼면 재채기를 안 할 텐데."

루루는 순간 먹지 얼굴이 떠올랐어요. 그 우스꽝스러운 선글라스는 뭐냐며 또 재채기 대장이라 놀려 댈 게 뻔했지요.

"내일도 먹지가 약 올리면 한 대 콩 쥐어박지, 뭐."

그렇게 생각하자 우울했던 마음이 조금 가셨어요.
루루는 책가방에 선글라스를 넣어 두었어요.

다음 날 아침, 코끼리 선생님이 산딸기가 올라간
케이크를 들고 교실로 들어오며 말했어요.

"여러분, 오늘은 부엉이 주주의 생일이에요. 함께 축하해 줄까요?"

열린 문 틈새로 햇살이 들어왔어요.

'아차차. 나도 얼른 선글라스를 껴야지. 혹시나 노래하다 재채기하면 안 되니까.'

루루는 가방에서 선글라스를 찾아 썼어요.

"생일 축하합니다. 생일 축하합니다."

다 함께 노래를 불렀어요.

노래가 끝나자 먹지가 루루를 보며 말했어요.

"선생님, 루루는 교실에서 선글라스 꼈대요."

친구들이 모두 루루를 쳐다봤어요.

"미리 루루 엄마에게 연락 받았어요. 햇빛을 가리기 위해 교실 안에서 가끔 선글라스를 쓰기로 했어요. 루루야, 괜찮아."

루루는 먹지를 보고 혀를 쏙 내밀었어요. 먹지는

눈을 가늘게 뜨고 선글라스를 낀 루루를 뚫어지게 쳐다봤어요. 선생님이 앞을 보라고 해도 자꾸만 고개를 돌려 힐끔거렸어요.

"어떻게 된 거야?"

짝꿍 콩콩이가 물었어요.

"빛을 쐬면 자꾸 재채기가 나오는데, 너한테도 미안하고 수업에도 방해될 것 같아서. 필요할 때만 가끔 선글라스 끼려고."

"나는 괜찮은데……."

루루는 걱정해 주는 콩콩이가 고마웠어요.

쉬는 시간에 루루는 복도 끝으로 달려갔어요. 아무도 없는지 확인하고 선글라스를 벗었어요. 그러자 또 재채기가 일곱 번 나왔어요. 조금 귀찮지만 그래도 친구들 앞에서 부끄럽지 않을 테니 이 정도는 참을 만하지요.

루루와 함께 룰루랄라!

"루루야, 나 어때?"

다음 날, 루루의 교실에 신기한 일이 일어났어요.

글쎄, 먹지가 자기 얼굴을 절반이나 덮을 만큼 아주아주 큰 선글라스를 끼고 왔지 뭐예요. 테두리에는 노란 별이 콕콕 박혀 있었어요.

"갑자기 웬 선글라스? 먹지 너, 아빠 거 끼고 왔어? 알이 왜 이렇게 커, 흐흐."

루루는 통통한 먹지 얼굴을 덮은 선글라스가 마

냥 우스웠어요.

"멋쟁이들은 원래 알이 큰 선글라스를 끼거든. 어때? 완전 멋있지."

먹지가 팔짱을 탁 끼며 뽐냈어요. 루루와 콩콩이는 고개를 절레절레 흔들었어요.

그런데 쉬는 시간에 더 재미있는 일이 일어났어요. 먹지가 쉬는 시간 종이 울리자마자 선글라스를 끼고

교실 뒤편으로 갔어요. 짧게 말아 올라간 꼬리를 살
랑살랑 흔들며 노래를 부르기 시작했어요.

나는 먹지

뭐든지 다 먹지

완전 잘 먹지

먹지의 커다란 엉덩이가 리듬을 탔어요. 왼쪽 오른쪽으로 실룩거리자 먹지의 몸도 같이 출렁거렸지요.

싱싱 숲속 마을 너무 좋아
시냇물 마을도 최고야
미로처럼 펼쳐진 마법의 숲길
친구들과 함께 걷는 게 신나

루루는 먹지 노랫소리에 자꾸만 엉덩이가 들썩거렸어요. 움직이지 않으려고 힘을 바짝 주고 꾹 참았어요. 그래도 자꾸만 가슴이 콩닥콩닥 뛰었어요. 노래를 부르는 먹지가 조금 멋져 보였어요.

다음 날에는 더 놀라운 일이 일어났어요.
먹지뿐만 아니라 다른 친구들까지 선글라스를 가

나는 먹지 ♪

♪ 싱싱 숲속 마을 너무 좋아 ♪

친구들과 함께 걷는 게 신나~ ♪

씰룩
씰룩

짠ー

우와아아아!!

짝 짝 짝   짝 짝

훗

43

지고 온 거예요.

"어머. 콩콩이 너도?"

콩콩이마저 선글라스를 쓰고 나타나자 루루는 깜짝 놀랐어요.

"어제 먹지가 선글라스 쓰고 노래하는 게 재밌어 보여서 나도 가지고 와 봤어. 어때?"

다른 친구들도 콩콩이와 같은 마음이었나 봐요. 쉬는 시간이 되자 먹지는 또 선글라스를 끼고 교실 뒤쪽으로 갔어요. 염소 미미도 먹지 옆으로 갔어요. 루루의 짝꿍 콩콩이, 딱따구리 따따랑 사슴 새롬이, 부엉이 주주까지 나란히 섰지요.

먹지가 코로 **킁킁, 크헝크헝.**

따따는 부리로 **딱딱 따따따따, 딱딱 따따따따.**

주주는 날갯짓하며 **부쉭부쉭, 푸쉭푸쉭.**

새롬이는 발을 구르며 **통통통, 탕탕탕.**

콩콩이는 꼬리를 흔들며 **샤샤샥, 샤샤샥.**

미미는 장난감 마이크를 대고 **메에에에.**

다 함께 리듬을 타며 신나게 몸을 움직였어요.

루루는 넋을 놓고 쳐다봤어요. 각자 다른 소리를 내는데 묘하게 어우러졌어요.

그때 먹지가 루루를 불렀어요.

"루루야, 너도 선글라스 있잖아. 이리 와."

"그래, 루루야. 진짜 재밌어. 나도 모르게 몸이 저절로 움직인다니까."

콩콩이까지 루루에게 어서 오라고 손짓했어요.

루루는 자리에서 일어났어요. 안 그래도 계속 마음이 들썩들썩했거든요. 저도 모르게 꼬리가 박자에 맞춰 이리저리 움직이던 참이었지요.

루루는 선글라스를 쓰고 사뿐사뿐 교실 뒤로 갔어요. 고개를 까딱이며 천천히 음악을 느꼈어요. 박자에 맞춰 꼬리까지 살짝살짝 튕기며 외쳤어요.

"뿜뿜. 뿌요뿌요."

루루는 콩콩이의 팔짱을 끼었어요. 콩콩이는 먹지의 팔짱을 끼었지요. 그렇게 다 같이 서로 팔짱을 끼었어요. 오른쪽으로 흔들, 왼쪽으로 흔들. 몸도 함께 움직였어요. 구경하던 친구들은 책상을 두드리며 박자를 맞췄어요.

루루는 갑자기 노래가 하고 싶어졌어요. 꼬깃꼬깃 접힌 마음을 친구들 앞에서 당당하게 펼치고 싶었어요. 곧 목소리를 가다듬고 목청껏 불렀지요.

나는야 재채기 대장 루루 ♪
뿌이잉취! 뿌이잉취! 뿌이잉취!

우리는 모두 달라, 그래서 정말 재밌지
꽃잎 색깔도 빨, 주, 노, 초, 파, 남, 보
잎사귀도 한 뼘, 두 뼘, 세 뼘 모두 달라!

루루는 어디서 그런 용기가 났는지 모르겠어요. 마음속 말들이 술술 리듬을 타며 쏟아져 나왔어요. 친구들이 선글라스를 가져온 것도, 함께 노래를 부르는 것도 남들과 조금 다른 루루를 이해하고 응원해 주는 것 같았거든요.

먼지는 목까지 쭉 빼고 루루의 노래를 들었어요. 콩콩이는 최고라며 엄지를 척 올렸어요. 곧 박수갈채가 쏟아졌어요.

노래가 끝나자 루루는 모두가 보는 데서 선글라스를 벗었어요. 왠지 지금만큼은 자신의 모습을 숨기기보다, 있는 그대로 보여 주고 싶었어요.

"뿌이잉취! 뿌이잉취…… 뿌이잉취!"

루루가 코와 입을 막고 재채기를 했어요. 재채기 소리가 교실에 울려 퍼졌어요. 그래도 더는 창피하지 않았어요. 친구들도 루루를 이상하게 보지 않았어요. 오히려 루루의 재채기에 맞춰 리듬을 탔지요.

옆 반 친구들도 창문에 붙어 구경했어요. 이제 루루네 반은 선글라스 반으로 유명해졌어요.

기분 좋게 놀고 나니 점심시간에 밥이 너무 맛있었어요. 루루는 요즘 재채기 때문에 우울해서 입맛이 뚝 떨어졌었거든요.

그런데 코끼리 선생님은 요새 밥을 아주 조금 먹었어요. 선생님은 어른이고 또 루루보다 훨씬 크니

까 밥도 한참 더 먹어야 하잖아요. 밥을 조금 먹어서
그런지 선생님은 기운이 없어 보였어요. 목소리도 착
가라앉았고요.

아무리 생각해도 이상했지요.

나뭇잎 이불

루루는 친구들과 조금씩 친해지는 중이에요.

콩콩이와는 진작 단짝이 됐어요. 먹지와는 티격태격할 때도 있지만 함께 춤을 추고 난 뒤부터는 더 이상 재채기 소리로 약 올리지 않아요. 오히려 이제 루루가 스스로 재채기 대장이라 말하고 다닌다니까요.

그런데 며칠 전부터 먹지는 씀바귀를 찾겠다고 야단법석이에요. 씀바귀를 먹으면 더위를 타지 않는다고 코끼리 선생님이 알려 줬거든요. 먹지는 조금만 움직여도 땀을 비 오듯 많이 흘려요.

어느 날, 먹지는 씀바귀가 어딨는지 알아냈다며 함께 탐험을 가자고 했어요.

"숲속 지도도 보고 코끼리 선생님한테도 여러 번 들었다니까. 나만 믿고 따라와."

루루와 친구들은 먹지를 따라나섰어요. 감나무 언덕을 넘고 꼬불꼬불 숲길도 걸었어요.

탐험이 길어지자 심심해진 루루와 친구들은 예전에 함께 선글라스를 끼고 춤을 췄던 얘기를 했어요.

"콩콩이 너, 언제 그렇게 춤을 배운 거야? 진짜 잘 추더라."

"배운 적 없는데? 그냥 음악에 몸을 맡겼달까."

콩콩이는 루루의 칭찬에 부끄러웠는지 발그레 웃으며 말했어요.

"루루 너야말로 꼬리 흔들기 춤 진짜 귀여웠어."

둘은 마주 보며 흐뭇하게 웃었어요.

"뭐니 뭐니 해도 춤은 먹지가 최고지."

부엉이 주주가 먹지를 보며 말했어요.

하긴, 먹지는 타고난 춤꾼이었어요. 고개를 까딱하기만 해도 모두 깔깔대며 손뼉을 쳤어요. 핑그르르 제자리에서 돌며 다리를 쭉 뻗으면 눈이 휘둥그레졌지요. 그건 루루도 인정할 수밖에 없었어요.

"여기쯤인 거 같은데?"

이야기를 나누는 사이에 벌써 다 왔나 봐요.

먹지가 코를 킁킁거리며 나무 주위를 살폈어요. 루루도 맑은 숲 내음을 들이마셨지요. 커다란 나무 기둥께를 살피니 씀바귀의 노란 꽃잎과 초록색 잎사귀들이 보였어요.

"찾았다."

루루는 친구들을 불렀어요. 씀바귀 옆으로 기름나물, 넘나물, 꽃다지, 말냉이 등 향긋한 나물이 가득했어요. 루루와 친구들은 두 손 가득 나물을 뜯었어요.

"엄마한테 맛있게 무쳐 달라고 해야지."

먹지는 침을 꼴깍꼴깍 삼키며 입맛을 다셨어요. 그리고 다 같이 교실에서 불렀던 노래를 흥얼거리며 숲길을 걸었어요.

루루는 제일 뒤쪽에서 걸었어요. 햇빛을 살짝 받았을 뿐인데 벌써 코가 간지러웠어요.

'친구들하고 멀리 떨어져 있으니 괜찮겠지?'

루루는 맘 놓고 시원하게 재채기했어요.

"뿌이잉취! 뿌이잉취…… 뿌이잉취!"

루루의 재채기에 땅에 있던 나뭇잎이 붕 떠올랐어요. 마치 하늘에서 나뭇잎 눈이 펑펑 내리는 것 같았어요. 울긋불긋 제각각 다른 색을 띤 나뭇잎이 친구들 머리 위로 내려앉았어요.

"우아!"

친구들이 고개를 들어 하늘을 올려다봤어요.

"루루 네가 한 거야? 엄청나다. 또 해 줘."

루루는 햇빛을 향해 고개를 들고는 코를 씰룩였어요. 그러자 금세 재채기가 나왔지요.

이번에는 나뭇잎들이 회오리처럼 휘날렸어요.

친구들은 두 손을 쫙 펼치고 나뭇잎 사이로 뱅글

뱅글 돌았어요.

먹지가 땅에 있는 나뭇잎을 하늘 높이 뿌렸어요.

그리고 바닥에 누워 데굴데굴 굴렀어요. 친구들도

땅에 벌러덩 드러누웠어요. 이불을 덮은 것마냥 나

뭇잎 속에 폭 안겼지요.

루루도 친구들 곁으로 뛰어가 함께 뒹굴었어요.

함께 나뭇잎 이불을 덮고 위를 올려다보니 하늘에

둥둥 떠 있는 기분이 들었어요.

　루루는 아빠가 말했던 행운의 재채기란 말이 문
득 떠올랐어요. 재채기 하나로 이렇게 친구들과 행
복한 시간을 보낼 수 있다니요. 어쩌면 아빠 말이 맞

을지도 몰라요.

　루루와 친구들은 나뭇잎에 예쁜 그림도 그렸어요.
서로 얼굴도 그려 넣고 웃긴 표정도 그렸지요. 루루
는 나뭇잎에 글씨를 꾹꾹 눌러써서 콩콩이에게 주었
어요.

특별한 하루를 함께한
내 친구 콩콩이에게 ♥

다음 날, 학교에서 먹지가 조용히 루루를 복도로 불렀어요.

"루루야. 이거 받아."

먹지는 작게 접은 분홍색 천을 내밀었어요. 루루는 어리둥절한 표정으로 먹지를 빤히 쳐다봤지요.

"손수건이야. 너 써."

먹지는 루루 손에 손수건을 쥐여 주고는 쏜살같이 도망갔어요.

루루는 분홍색 손수건을 활짝 펼쳤어요.

"우아! 진짜 예쁘다."

손수건은 루루 얼굴을 덮을 만큼 커다랬어요. 루루의 콧구멍 모양을 닮은 하트 무늬가 박혀 있고, 손수건 끝에는 '루루' 이름이 새겨져 있었어요. 그 옆에 돼지 꼬리까지 수놓여 있었지요.

루루는 피식 웃음이 났어요. 씀바귀 생각만 하는

줄 알았더니 언제 이런 선물을 준비했을까요.

루루는 다음 수업이 끝나고 먹지에게 조용히 다가
갔어요.

"이따가 진흙탕에서 한판 어때?"

먹지는 씩 웃으며 수줍게 끄덕였어요. 더위를 잘
타는 먹지는 진흙탕에서 노는 걸 제일 좋아하거든
요. 물론 루루도 진흙탕에서 데굴데굴 구르는 걸 정
말 좋아하지요.

루루는 이제 학교에 오는 게 즐거웠어요.

코끼리 선생님의 비밀

　코끼리 선생님이 오늘따라 더 이상해요. 루루네 반에서 밥을 제일 조금 먹는 건 바로 코끼리 선생님 이거든요. 덩치는 제일 큰데도 그래요. 점심을 먹을 때면 늘 밥을 딱 한 주걱만 펴요. 루루도 다섯 주걱 씩 먹는데 말이에요.

　그런데 코끼리 선생님이 오늘은 주걱을 잠시 꾹 쥐 더니 밥을 한 주걱, 또 한 주걱, 또 한 주걱…… 계 속 담았어요. 밥이 산더미처럼 높게 쌓였지요.

"이상하네. 오늘따라 왜 저렇게 많이 드시지?"

루루뿐만 아니라 다들 코끼리 선생님이 밥 먹는 모습을 힐끔힐끔 쳐다봤어요.

코끼리 선생님은 안경을 쓱 추켜올리더니 밥을 쑥쑥 삼켰어요. 그 많던 밥이 눈 깜짝할 사이에 사라졌지요.

"우아! 대단하다. 그동안 어떻게 참으셨지?"

"먹지보다 더 많이 드셨어."

여기저기서 친구들이 웅성거렸어요.

루루도 코끼리 선생님의 모습이 낯설었어요.

밥을 다 먹은 코끼리 선생님이 아이들을 한 바퀴 휘 둘러보더니 갑자기 뒤로 휙 돌아앉았어요.

"흐엥취이! 흐엥취이! 흐엥취이!"

코끼리 선생님은 교실이 떠나갈 듯 크게 재채기했어요. 루루와 친구들은 한 3초간 멍하니 코끼리 선

생님만 바라봤어요. 선생님 얼굴이 발그레했어요.
부끄러운지 긴 코를 휙 말고 책상만 빤히 바라보았
지요.

"푸하하하하하하."

루루와 친구들은 교실이 떠나갈 듯 웃었어요. 코
끼리 선생님은 늘 상냥한 목소리로 조곤조곤 말하고
큰소리를 낸 적이 없거든요. 그런 선생님의 재채기
소리가 교실을 쩌렁쩌렁 울렸으니 얼마나 신기했겠
어요.

"자자, 흠흠."

코끼리 선생님이 조용히 자리에서 일어났어요. 루
루와 친구들은 눈을 반짝이며 선생님이 무슨 말을
할지 기다렸어요.

"음. 선생님한테는 사실 비밀이 하나 있어요. 조금
창피해서 오랫동안 혼자서 간직했는데, 루루를 보고

선생님도 용기를 내기로 했어요."

코끼리 선생님은 루루를 보며 싱긋 웃었어요.

"선생님은 배가 부르면 재채기를 해요. 그래서 늘 학교에서 밥을 조금만 먹었던 거예요."

"정말요?"

먹지가 고개를 갸웃거리며 물었어요.

"그럼, 정말이지요. 그런데 이제부터 선생님도 제 모습을 있는 그대로 보여 주기로 결심했어요."

"에이. 선생님 진작에 말씀하지 그랬어요. 그동안 배고파서 어떻게 참으셨어요?"

먹지의 말에 코끼리 선생님과 친구들은 깔깔대며 웃었어요. 루루는 선생님이 그동안 얼마나 힘들었을지 알 것 같았어요. 루루도 그랬으니까요.

"선생님, 재채기 하나도 이상하지 않아요. 선생님은 우리들의 특별한 선생님인걸요."

루루가 말했어요. 친구들도 고개를 끄덕였어요.

코끼리 선생님의 시원시원한 재채기 소리는 너그러운 선생님과 어울렸어요. 아빠 재채기 소리만큼 기분 좋게 들렸지요.

루루는 수업이 끝나고 교실 밖으로 나왔어요. 머리 위로 따사로운 햇볕이 내려앉았어요. 루루는 고개를 살짝 뒤로 젖히고 파란 하늘을 바라봤어요.

"뿌이잉춰! 뿌이잉춰…… 뿌이잉춰!"

루루는 여느 때처럼 시원하게 일곱 번 재채기했어요. 그리고 가방에서 선글라스와 먹지가 준 손수건을 꺼냈어요. 선글라스는 머리 위로 쓰고 손수건은 목에 둘렀어요.

루루는 당당하게 숲길을 걸었어요. 바람이 살랑살랑 불어와 얼굴을 간지럽혔어요. 루루는 흥얼거리며 노래를 불렀어요.

나는야 재채기 대장 루루
뿌이잉취! 뿌이잉취! 뿌이잉취!
우리는 모두 달라, 그래서 정말 재밌지
꽃잎 색깔도 빨, 주, 노, 초, 파, 남, 보
잎사귀도 한 뼘, 두 뼘, 세 뼘 모두 달라!

행운의 재채기 요정

오래전 싱싱 숲속 마을에 재채기 요정들이 살았
어. 그런데 언제부터인지 동물 친구들이 하나둘씩
싱싱 숲속 마을에 이사를 오기 시작했지.

부끄럼 많은 재채기 요정들은 숲속 여기저기에 꼭
꼭 숨었어. 하지만 재채기 요정들의 반짝이는 빛을
완벽하게 숨길 수는 없었단다.

루루 아빠가 어릴 때 초록 잔디밭을 뒹굴며 놀던
날이었어. 순간 잔디밭에서 무언가 반짝 빛나는 것

을 보았지. 바로 잔디밭에 숨어 있던 재채기 요정을 만난 거야.

그즈음 코끼리 선생님은 매일 은행나무를 꼭 끌어안으며 자기가 얼마만큼 자랐는지 확인했어. 그러다가 은행나무에 숨은 재채기 요정을 만났지.

루루도 재채기 요정을 만났냐고? 물론이지.

루루가 막 걷기 시작했을 무렵이야. 시냇물을 건너려고 돌을 폴짝폴짝 뛰는데 무언가 물속에서 반짝거렸어.

"아빠. 시냇물이 반짝반짝 빛나."

그 순간 시냇물 속에 숨은 재채기 요정이랑 눈이 딱 마주친 거지.

그런데 코끼리 선생님의 비밀을 모두 알게 된 그날 밤, 먹지가 달을 보며 소원을 빌었어. 가장 크고 밝은 달이 뜨는 밤이었지. 먹지는 싱싱 숲속 마을에서

제일 높은 언덕 위를 올라갔어. 그러고는 바위에 털썩 누웠어. 바위는 달빛을 받아서인지, 재채기 요정이 숨어 있어서인지 유난히 더 반짝였지.

반짝이는 빛을 우연히 본다면 말이야. 어쩌면 그 곳에 재채기 요정이 숨어 있을지도 몰라. 너에게 특 별한 행운을 가져다줄 수도 있지!

있는 그대로의 나

재채기를 너무 많이 해서 고민이라는 글을 본 적이 있어
요. 글 밑에는 많은 사람이 공감한다고 댓글을 달았어요.
한 번에 열다섯 번 연달아 재채기한다는 사람, 전등의 불빛
만 봐도 코가 간지럽고 재채기가 나온다는 사람, 재채기 소
리가 이상해서 고민이라는 사람도 있었어요.

재채기에 관해 온갖 이야기가 펼쳐지는 글을 읽으며 저
는 키득키득 웃었어요. 그러다 빛만 보면 재채기하는 증후
군이 있다는 걸 알게 됐죠. 교실에 이런 친구들이 꽤 있다
는 것도요. 그래서 빛을 보면 재채기를 일곱 번 하고, 남들
과 달라 고민하는 루루의 이야기가 떠올랐답니다.

여러분은 남들과 달라 부끄럽거나 숨기고 싶은 모습이
있나요?

저는 남들과 다르게 긴장도 잘하고 흥분도 잘해요. 심장